獻給絲佳，

是你啟發了我創作這本書。

森林

文‧圖／馬可‧馬汀　譯／黃筱茵

從前從前，有一座森林。

經過了好幾千年以後，這座森林
長成一片茂密蒼翠的林地。

有一天，人們開始砍伐森林。

一開始他們只砍伐了一點點，
還會用東西替代從森林拿走的一切。

可是他們很快就變得貪心，
帶走森林裡所有帶得走的東西。

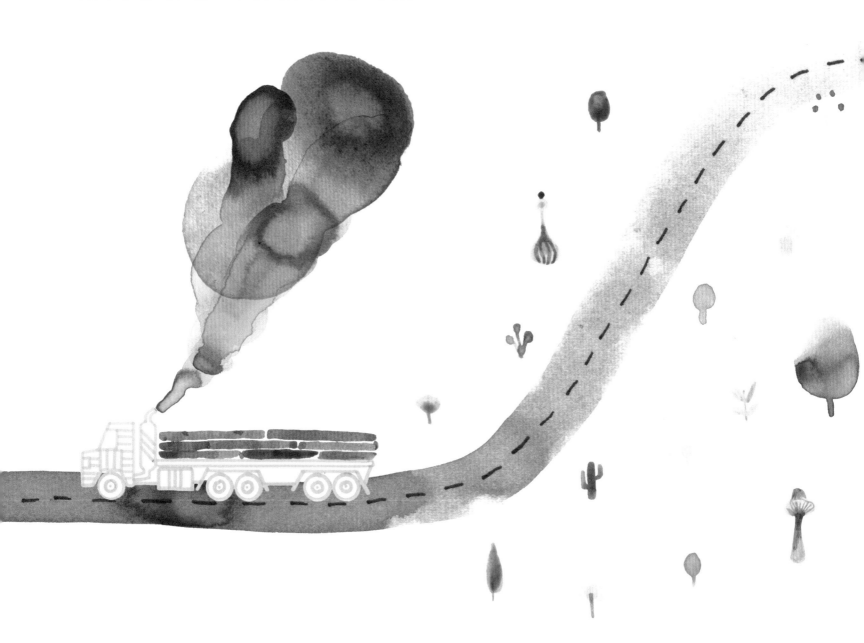

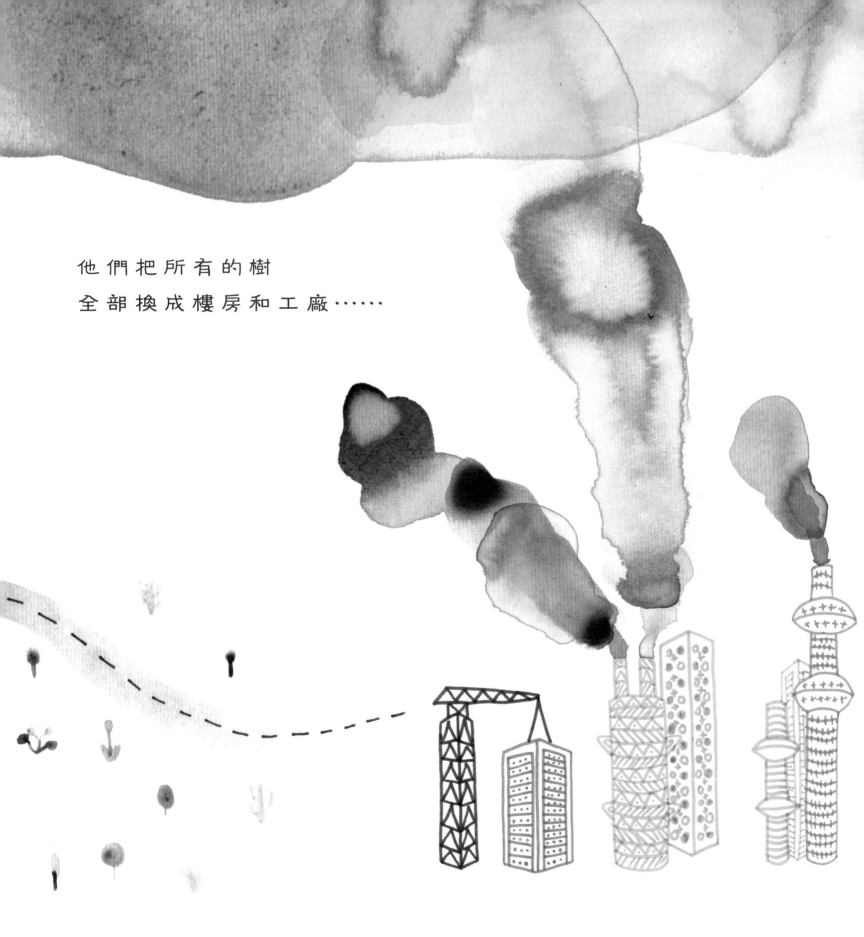

他們把所有的樹
全部換成樓房和工廠……

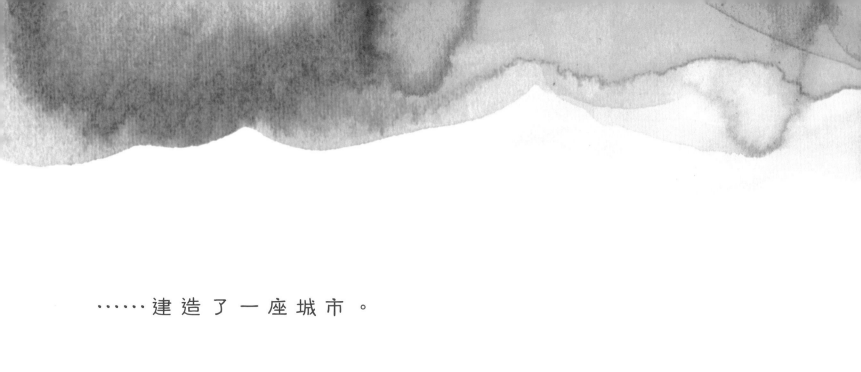

……建造了一座城市。

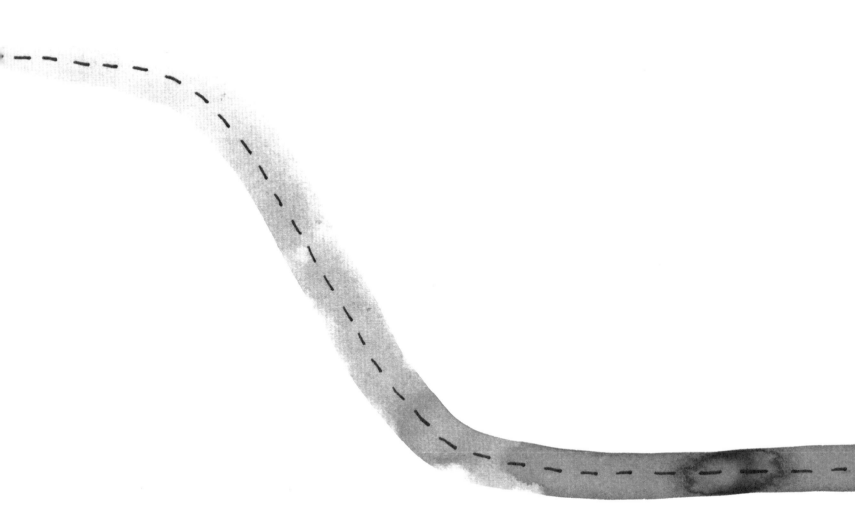

然而，沒有森林，
潔淨的空氣變得厚重又骯髒。

空氣如此厚重，
醞釀了一場可怕的風暴……

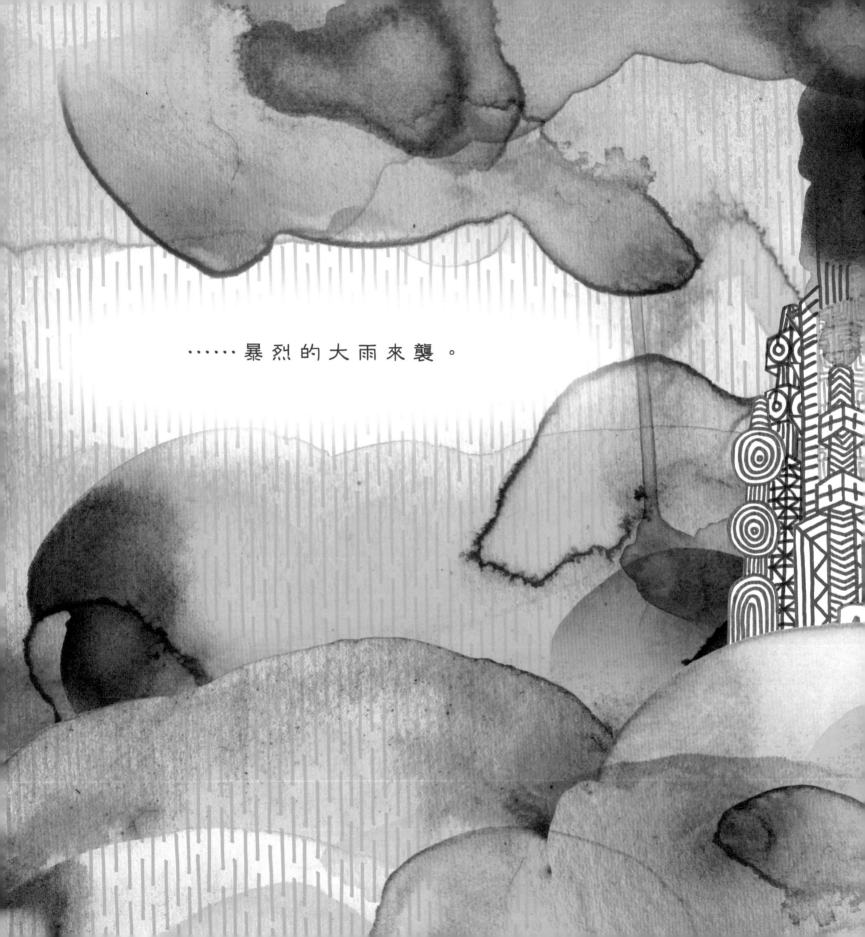

……暴烈的大雨來襲。

雨大到沖走了所有的樓房。

等雨終於停息，
只剩下一棵小樹。

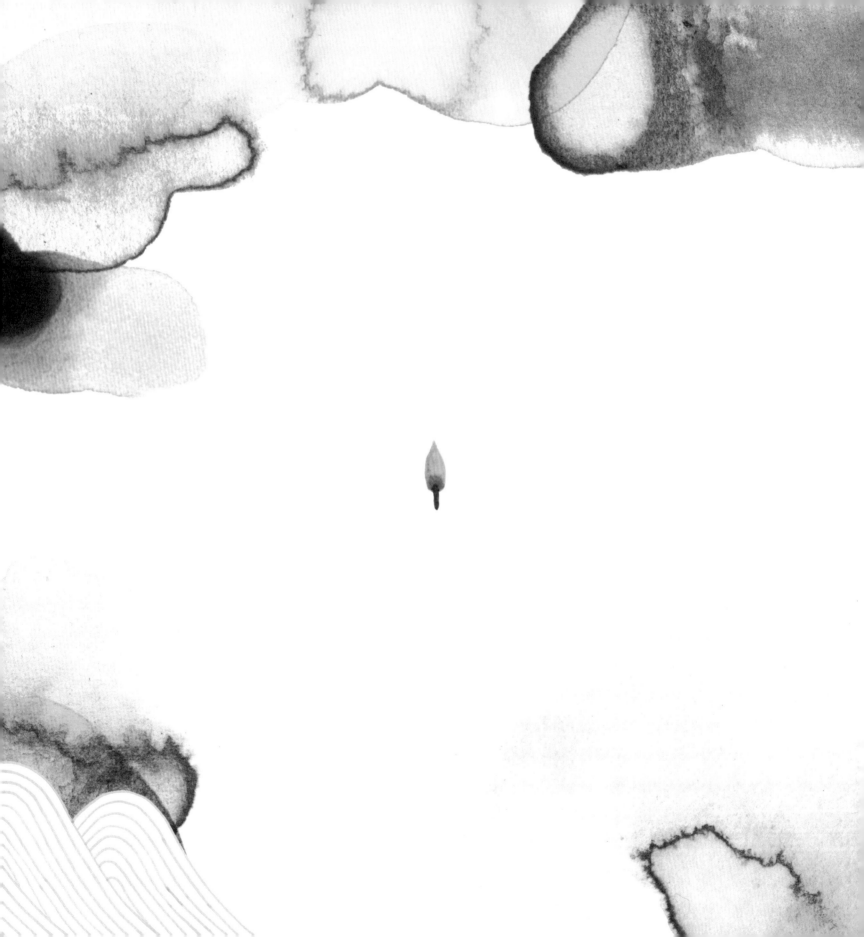

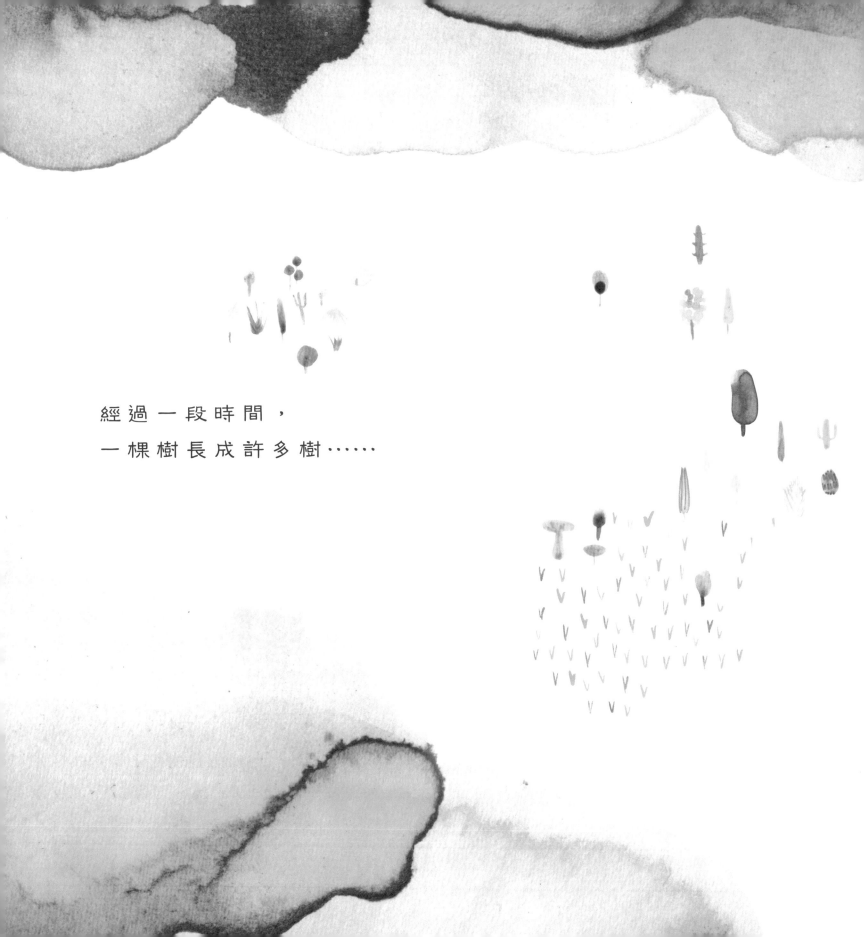

經過一段時間，
一棵樹長成許多樹……

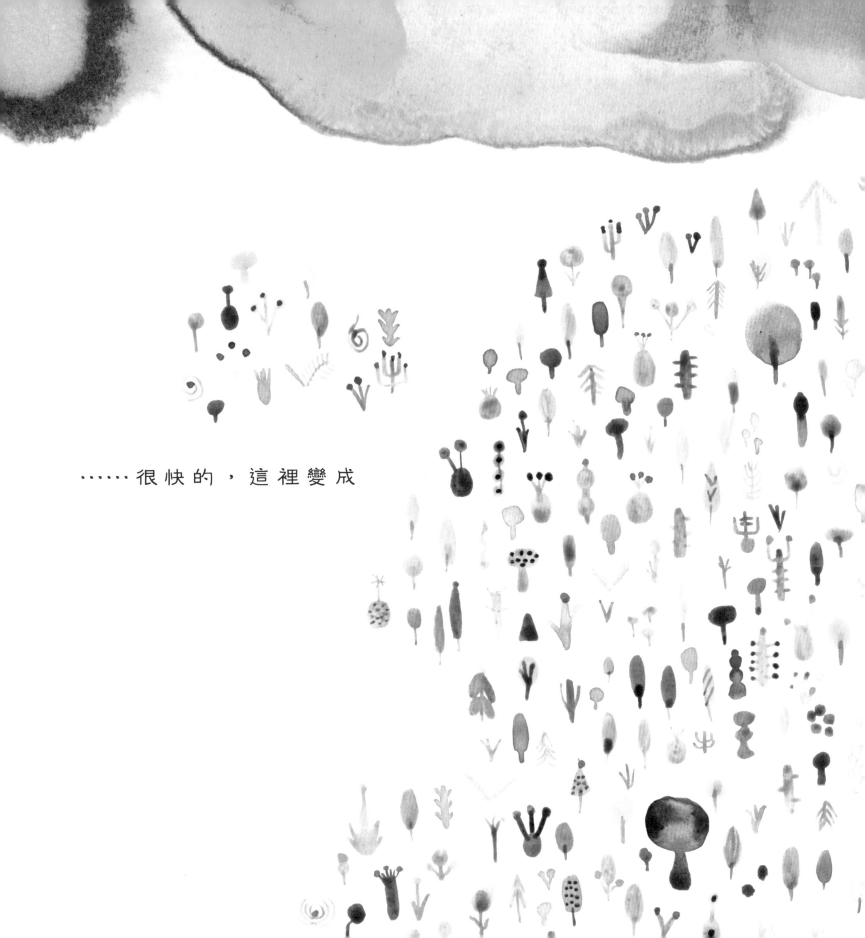

⋯⋯很快的，這裡變成

一座森林。

馬可‧馬汀是定居在澳洲墨爾本的插畫家與圖像設計師。
他用水彩、簽字筆、墨水、鉛筆、掃描的材質與電腦作畫,
他從周圍環境、大自然、動物與他居住的城市中擷取靈感。
《森林》是他第一部圖畫書作品。

文、圖／馬可‧馬汀　譯／黃筱茵　主編／胡琇雅　美術編輯／吳詩婷
董事長／趙政岷　編輯總監／梁芳春
出版者／時報文化出版企業股份有限公司
108019台北市和平西路三段240號七樓
發行專線／(02) 2306-6842
讀者服務專線／0800-231-705、(02) 2304-7103
讀者服務傳真／(02) 2304-6858
郵撥／1934-4724時報文化出版公司
信箱／10899臺北華江橋郵局第99信箱
統一編號／01405937
copyright © 2018 by China Times Publishing Company
時報悅讀網／www.readingtimes.com.tw
電子郵件信箱／ctliving@readingtimes.com.tw
法律顧問／理律法律事務所　陳長文律師、李念祖律師
Printed in Taiwan
初版一刷／2018年1月5日
初版三刷／2022年2月11日